허공에
점 하나
찍어놓고

소암 시집

허공에 점 하나 찍어놓고

소암 시집에 부쳐

예순여덟 편이나 되는 소암 스님의 시를 단숨에 읽었다. 난해한 요즈음의 시들과는 달리 그대로 가슴에 와 닿았던 까닭인데, 그렇다고 안이하냐 하면 정반대여서 높은 격조가 느껴진다.

관념의 미로에 빠지기 쉬운 현대를 살면서도 그의 눈은 매우 직관적이다. 그러므로 분별을 넘어 바로 사물의 정수에 접근하며, 사소한 것에서 중대한 의미를 발견하고, 중대한 의미를 다시 사소한 일상사로 돌릴 줄을 안다.

그러므로 꽃이나 별을 노래한 시가 화두(話頭)를 다룬 작품과 별개의 것이 안 되고, 시정(市井)의 일을 읊조린 마음이 그대로 산사(山寺)의 유한(幽閑)함을 표현한 심경과 맞아떨어지는 결과가 되었다.

특히 광주를 노래하면서도 그 피비린내 나는 현장을 난초나 되는 듯이 높은 품격 속에 승화시킬 수 있었던 것을 생각하면, 아무래도 선(禪)의 수행에서 얻은 역량인 듯하다.

소암 스님은 부산에 사시기에 자주 만나는 사이는 아니나, 간소하고 자연스럽기만 해서 속기(俗氣)로부터 벗어나 있는 시들을 읽고 있노라면, 스님을 마주 대하는 듯 싶어 기쁘다. 더욱 정진하여 선시(禪詩)에 사람 있음을 보여 주셨으면 한다.

이원섭 씀

제2부

허공에 점 하나 찍어놓고

제3부

청산이여 말하라

제4부

성찰과 현실 초극(超克)의 공(空)사상

제1부

차(茶)와 구름과 바람

차(茶)와 구름과 바람

인적 없는 차밭골에 와
산물 길어 차 한 잔 다린다.
백운노송(白雲老松)은 눈 앞에 흐르고
새소리 바람소리 귓가에 머문다.

홍진세상 피해 살던
옛 선인(仙人)이 따로 있을까
한 소식 깨우치면
이 자리가 극락인 것을
번거롭게 마음을 움직이랴.

산당화

초봄은
갓난아기 배냇웃음으로 와
이 땅을 적시고
사람들 가슴에
진달래빛 한을 심는다.

개나리 진달래 목련
천리향 후박 벚꽃이
흐드러지게 피어 있는데
오랫동안 보지 못했던
제주도 담벼락의 수선화가
오늘밤에는
그리움으로 떠오른다.

수줍게 만난
청마루 찻집의 산당화는
백의천사처럼 베갯머리로 다가와
내 어릴 때 고이 죽은
누이생각에 잠 못 이룬다.
산당화(山棠花) 서러운 네 이름이여.

산문(山門)에 기대어

바람 한 점 없는 허공에
별빛은 총총히 빛나고
검은 장막이 대지를 덮는다.
빛과 어둠이 비록 다르다 하나
생사(生死)의 인연이 되고 말 것을
부질없다 한 생각 놓아버리면
그대로가 화장세계(華藏世界)* 이 아니리.

---

* 화장제계(華藏世界) : 화엄경에 나오는 연화장(蓮華藏)의 세계, 즉 우리가 궁극적으로 추구
  하는 신리 그 사체들 발함.

새벽 종소리

도량식 끝나고
새벽 쇳송 들릴 때쯤
졸음은 환상의 무지개
꽃구름 타고 하늘에 올라간다.
아득히 먼 나라
꿈결 같은 인생이여
저 소리 끝나면
칠흑의 사바세계(娑婆世界)가
회뿌연 여명으로 다가올지니.

산난(山蘭)

무르익은 봄빛이 기지개 켜고
뒷산의 대밭에서 산새가 알을 품는다.
따뜻한 기운이 천지에 가득 찼는데
지난 겨울 떠난 내 님은 언제 오실까
봄바람이 향기를 실어 보내면
만리타국의 그 님에게 전해질까
떠도는 자의 넋이여
고향집 지키는 혼(魂)의 날개여.

수선화

중, 맷돌이 즐겨 그리는
수선화에 벌 한 마리가 앉는다.
대궁은 퍼렇고 꽃은 누른데
흰 바탕의 닥종이
서늘하기만 해
화분이 있다면 모르겠거니와
무슨 일로 종이 위에 앵앵거리나
혹시 무생가*(無生歌)를 불러서
꽃이 꽃 아님을 가르쳐 줌인가.

---

* 무생가(無生歌) : 나고 죽음이 없는 노래

화갯골 시인

지리산 화갯골
벽사(碧沙) 시인과 마주 앉으면
산삼 썩은 물로 빚은
막걸리 내음새 나고
섬진강 은어가
포동포동한 살로 다가오고
쌍계사 차밭골의 댓잎소리
귓가에 서걱댄다.

하동포구 은모래밭
벽사 시인과 마주 대하면
강바닥 자갈이 굴러가듯 들리고
화개장터 십 리 꽃길이
눈에 선하다.
봄이 오고 여름 가고 가을이 깊어
산색(山色)은 변해도 그 산 그 물인 것을
맑은 천성이 두 뺨을 마르게 하지만
마음마저 야위게 할까.

요산요수(樂山樂水)

비온 뒤 안개 걷히면
산이 다가온다.
푸르게 푸르게

계곡으로 흐르는 물이
바위에 부딪쳐
물보라를 일으킨다.
'빨주노초파남보'

산은 본래 형체가 없고
물은 본래 흐르는 소리 없건만
사람들이 구태여
오르내리고 귀 기울이는
수고로움을 더한다.

매화차를 마시며

매화꽃 두어 이파리로
찻물을 띄운다.
아지랑이 될 날 아직 멀었는데
봄 내음 가득하다.
금당다옹(錦堂茶翁)의 웃음소리
출렁거리는 다심(茶心)
한 잔 마시면
열여섯 분홍빛 첫사랑
두 잔 마시니
스물넷 청자빛 향그러움
석 잔 째는
세상 무엇과 바꿀 수 없는
황홀한 소유여.

파초

먹구름이 소나기 되어
후두둑거리던 밤
찢어진 아픔의 날개가
파닥거린다.
기나긴 밤의 여정을 보내고
햇살이 나부끼는 아침이면
상처는 고이 아물지니
푸른 새살을 뽐내고저
유월 불볕에 한층 타오른다.

소화방(素花房)

차꽃이 피어 훤한
소화방에
댕기머리 쪽빛치마 입은 아가씨들이
삼삼오오 짝을 진다.
좁다란 통로를 지나
단아한 다상(茶床)과 마주 대하면
천년의 숨결 울리고
만년의 함성 들린다.
고운 님께 차 공양하라
꽃다운 이승 인연 향그러울지니
한 많은 사람들로 하여금
이 곳에 와 차 마시게 하라
금생에 못다한 꿈
강 건너 가서 백모란으로 피리.

우담바라*

삼천년 만에 핀다는
큰 연꽃 한 송이
몸은 비록 진흙 속에 있으나
하늘로 향한 문 열려 있어
언제나 봄을 기다린다.
수레바퀴만한 크기로
중생고뇌 헤아리고
고운 빛깔 무지개 되어
삼천대천세계(三千大千世界) 바라본다.
미묘한 향기 큰 말씀은
빛으로 사람으로 오시나니.

---

* 우담바라 : 3천년에 한 번씩 꽃이 핀다는 상상의 꽃

오대산 새벽 안개

상원사 새벽은
비단안개로 덮였으니
스님들 천상(天上)에 노닌다.
황금빛 햇살이 떠오르고
부드러운 옷 걷어갈 때
발가숭이 천진면목*(天眞面目) 그대로 드러나니
구름은 하늘에
물은 땅으로

꾀꼬리는 나무에서 지저귀고
참선하는 스님들 한가롭구나
본래 한 물건도 없건만
구름이 제 버릇 감추지 못해
솜보자기를 폈다가
아침이면 도로 걷어가누나.

---

* 천진면목(天眞面目) : 사람이 태어난 때부터 가지고 있는 근본 성품

25

태종대 신선암(神仙岩)

갈매기 날고
옥구슬 흩어지는 날에
바다는 성난 포세이돈의 사자(使者)
은산철벽*(銀山鐵壁)에는
신선이 가부좌 틀고
지팡이로 수평선 가리킨다.
저기 보이는 저 너머에서
해일꽃이 밀려오고
비바람이 몰아쳐도
신선은 그 자리에 앉아있다.
생명을 수호하는 신(神)으로
전복 따는 해녀들 무릎베개로
태종대왕의 넋이
오늘에 살아 숨쉰다.
하얀 순결로 외친다.

---

* 은산철벽(銀山鐵壁) : 은으로 된 산, 쇠로 만들어진 벽

산마을

찬 서리가 국화향기 뿜어내고
돌담 밖에는 누런 호박이 졸고 있다.
집 앞 개울물이 검푸르게 차지만
아낙네들 빨래하는 손놀림 바쁘기만 해
투명한 가을볕에 산골아이 여물어가고
빨간 고추는 주인 없는 마당을
홀로 지키고 있다.
밥 짓는 내음새 집집마다 가득하고
아득히 피어오르는 청솔연기여.

눈 속 매화

동지(冬至) 지나 매화가 눈을 뜬다.
도화지에 붉은 점 하나
점점 커지면
하얀 향기가 가득
솔은 눈 속에 푸르고
산죽(山竹)은 하늘로 뻗어
창공을 찌른다.
찬 이슬 발부리에 채여도
봄은 이제 멀지 않았으리.

산사람

복(伏)더위로
산계곡 찾는 사람들을 피해
도시 한복판에 가 앉는다.

한낮의 불덩어리
몸을 후끈 달게 만들 때쯤
쌓인 번뇌는
한 줌의 미풍으로 흩어진다.

바람 부는 날이면
산그늘에 우두커니 서서
인간세상 향해
그윽한 눈길 보내던
분신의 나래여.

남해 점경 · 1

한려수도 가는 길목에
치자 향기 수놓고
공해 없는 주민들
마음마저 해맑아
돌배 타고 건너온
아유타 공주 앉은 자리에
삼층석탑이 솟아나 있다.
비단안개 오르락내리락
차 향기 미묘한데
관음보살이 금빛 광명 놓고
돌미륵이 머리 끄덕인다.

남해 점경 · 2

동남동녀 거느린
서씨(徐氏)가 배를 댄 곳
아득한 신비 속으로 찾아가면
사람은 없고
돌부처만 남아
홀로 눈물 흘린다.
눈물은 청정해역이 되어
돌꽃을 피운다.
연꽃 피는 마을 부처님 머무는 곳
연화도, 세존도여
뱃길로 두어 시간이라지만
눈 없는 사람 보지 못하고
귀 없는 사람 가지 못한다.

허공에 핀 꽃

눈병이 나려는가
허공에 꽃이 핀다.
붉은 꽃 파란 꽃
흰 꽃 검정 꽃
모양은 기기묘묘
잡힐 듯하다가 잡히지 않고
그려낼 것 같으나
그려지지 않는다.
생생한 현실의 꿈이여
꿈 속에 꿈을 꾼다.

눈병이 도지는가
허공에 꽃이 진다.
온통 붉게 타오르는 세상에서
꽃은 검은 장막 속으로
꼭꼭 숨는다.
숨바꼭질한다.

지등(紙燈)

둥그런 종이등이
천장에 매달려 있다.
바람이 볼 때마다
흔들리는 지구처럼
조금씩 움직인다.
난향(蘭香)이 묻어나고
달마대사가 손짓한다.
밤이면 밤마다
차 향기를 내 뿜으면서.

할매보살

법당에서 염주 헤아리는
노보살 이마가 서늘하다.
흰 머리 팔십고개
넘어선 지 오래되었어도
얼굴은 홍안
무량수불 계시는 곳
어서 가자 어서 가
자는 잠에 자는 듯이
날마다 축원한다.
지극한 신심(信心) 티 없는 얼굴로
열반락(涅槃樂)을 얻으리니
이 자리가 극락이요
마음 밖에 부처 없다.

옛날 이야기 · 1

무릎까지 쌓인
눈 오는 산사(山寺)에
함박꽃이 활짝 피었다.
호롱불 사그러지고
호랑이 발자국 소리 가까워질 때
절절 끓는 구들목이
혼돈(混沌)을 부른다.
문 밖의 흰 눈송이
소리 없이 나리고
재화로에 차(茶) 주전자가
홀로 깨어나
신음을 토하고 있다.

옛날 이야기·2

곡차 좋아하던 고봉(高峰)선사
동자승에게 바둑을 가르쳤다.
군대 갔다 온 장골상좌는
고수바둑이 되었고
지기 싫어하던 고봉
열반하기 전 소원을 말했다.
"나한테 바둑 한 번 져다오."
소원 안 들어준 상좌
그 스승에 그 제자
깊은 학문 넉넉한 멋 지닌
번대머리 노장(老長)이었지만
바둑풍류 잊지 못했다.
극락 가서 곡차 바둑을
실컷 즐기시라
이승 사람들 사는 멋
잊은 지 오래 되었거니.

고향

하늘에 조각배 띄우고
땅에서 옥구슬 맺히면
먼 곳으로 기러기 울음소리
천리길 나그네 마음을
아는 듯 모르는 듯 끼룩끼룩대누나
돌아갈 고향길이 아득한데
기약 없는 발걸음
떨어지지 않는다.

해운대 풍경

여름이 썰물처럼 빠져 나간 날
저녁바다는 구원의 손길 편다.
수평선 맞닿은 하늘가에
흰 돛으로 갈매기 날리고
무정한 창해(蒼海) 말이 없느니
구름바다 갈매기

흰 구름 밝은 달

대학가 앞의 흰 구름 밝은 달은
초의(草衣)선사*가 즐겨 차를 마시던 곳
선사 이미 가고 없으나
영정(影幀)만 남아
나그네 수심 달래 주나니

백운명월(白雲明月)은
구름에 가려있어 찾을 수 없지만
찻집에선 항상 보인다네.
차 한 잔으로 흰 구름 벗하고
차 두 잔으로 밝은 달 비치고
차 석 잔으로 보리심(菩提心)* 발한다.

---

* 초의(草衣)선사 : 조선조 말의 스님, 차(茶)의 중흥조
* 보리심(菩提心) : 참다운 도를 구하는 마음, 자비로운 마음

제 2 부

허공에 점 하나 찍어놓고

오도송(悟道頌)

뇌성 번개 소리에
졸다 깨어났다.
귀가 멍멍
눈은 침침
입이 있어도 열리지 않는다.
칠통 같은 꿈 깨어 부수고
홀연히 한 생각 떠올라
하늘에 통하는 길
훤하게 뚫리고
대지는 어둠의 그물에 갇혀 있다.
먼 곳에서 새벽을 알리는 계명성(鷄鳴聲)
별빛이 총총 사라진다.

꽃은 어찌하여 입을 열어 말하고
물은 어찌하여 귀를 통해 흘러내리나.

청마루 소식

청마루 찻집에 올라
향그러운 차 한 잔 마시니
일만번뇌 다 가노라
산 너머 뻐꾸기 울음소리 들릴 때 되었는데
봄 이른 산당화(山棠花)가
하얀 자태 뽐낸다.
천지에 봄이 오고
꽃 향내 진동해도
이 소식 아는 이 몇이나 될까
다만 혼자 뇌소(雷笑)*를 듣는다.

─────────────

* 뇌소(雷笑) : 초봄의 뇌성을 듣고 돋아나는 차

44

선주산방(善住山房)

석정스님 계시는
선주산방 앞뜰에
붉은 연꽃 한 송이 피어 있다.
붓 한 번 대면
달마가 살아나고
두 번 대면
댓잎이 바람에 나부낀다.
한평생 그린 불화(佛畵)로
불심(佛心)을 붙들고
먹그림 선화(禪畵)는
이승의 한 씻어낸다.
머리 위에 서리가 내려도
마음은 오히려 불덩어리.

불기둥

처서가 지나고
하늘로 불기둥 올라가네
찬 서리 내뿜는
물기둥 내려오고
땅은 천천히 식어간다.
뜨거웠던 열정의 시간 지나고
서늘한 새벽을 알리는 종소리

꽃잎이 표표히 흩어진다.
불기둥이 맥없이 사라진다.

서른 세 하늘

욕계(欲界), 색계(色界), 무색계(無色界)
서른 세 하늘이 열린다.
욕심으로 하늘에 오르고
형상으로 하늘에 닿고
마음으로 하늘에 이른다.
떠도는 자의 넋이
구슬픈 피리소리 피어
갇혀 있는 자의 넋이
무거운 저녁 종소리로
아련히 피어 오른다.
동아줄로 엮은
새털 같은 영혼
바람에 실려 두둥실
흙덩이처럼
죄업을 따라 가라앉는다.

허공에 점 하나 찍어놓고

1.

다섯 자 세 치도 안 되는 인간이
두 발로 휘적휘적 걸어간다.
하늘 한 번 보고
땅 두 번 보고
무엇이 바쁜 지
무엇이 필요한 지
생각할수록 재미있는 인간세상
잘 생기고 못 생긴 사람
여자는 꽃무늬 수놓고
귀에 둥글고 모난 귀걸이
붉은 입술에 하얀 석류알 담고
남자는 청바지 입고 풀무질
무쇠 팔뚝에 돋아난 힘줄이
매력을 발산하면서

하루 세 끼 밥먹고
여덟 시간 잠자고
사랑하기 위하여
부모님을 모시고

땀 흘려 일하고
친구들과 해질녘이면
술 한 잔의 정을 나누기 위하여
밤하늘에 반짝이는 별이
새벽까지 건재하기 위하여
우리는 살아야 한다.
살아 몸부림 쳐야 한다.
두 눈을 부릅뜨고
두 주먹을 불끈 쥐고
단정한 옷차림으로
입술로 미소를 열고
앞으로 나아가야 하리
일보후퇴 이보전진의
묘(妙)를 살리면서.

2.
텅 빈 하늘가
구름 한 조각

무심한 호수
갈대 그림자
매어 있는 배
잠자는 바람
연꽃 두 송이
물에 비치는 정자(亭子)
한낮의 침묵

이때
강태공 낚시밥을 피한
천년 잉어가
하늘로 솟구친다.
마른 하늘이 먹구름되어
장대비를 퍼붓는다.
그 사이로 한 줄기 빛이
하늘에 가 닿는다.
눈에 보이지 않을 때까지

다시 날은 개이고
햇빛이 쨍쨍하다.

목동이 소를 끌고 간다.
아무 일도 일어나지 않았다.

아무 일도 없었다.

   3.
녹차잔에 파도가 출렁인다.
붉은색으로
검정색으로
연두빛으로
끓어 오른다.
끓어 넘친다.
바람이여 불어라.
파도여 외쳐라.
목구멍 속에서
반란을 일으킨다.
머리가 아프다.
가슴 속으로
불이 옮겨 붙는다.

4.

밤하늘 쳐다보고
하나 둘 셋 넷…
내 별을 찾는다.
어린왕자 살던 별에
모자를 둘러씌운 보아뱀
바오밥나무 풀꽃여우
식구들 안부가 궁금하다.
어린왕자 눈물이
보석이 되고 별이 되어
밤하늘을 수 놓는다.
내 하늘이 빛난다.
별 하나는 내 혜
별 둘은 언니 것
별 셋으로
어린왕자의 꿈이 무르익는다.

5.

무엇이라더냐
영축산의 석존(釋尊)이

꽃을 들어 보이고

달마(達磨)가

소림굴에서

9년 동안 면벽 끝에

혜가(慧可)를 만난 일은

허공에 점 하나 찍기 위함이더냐.

점은

점점 커져

하늘이 되고

내 님 웃을 때

방긋 웃는

반달눈섭이 되어

저문 날 길 밝히는

돌장승가에 앉는다.

무엇이라더냐

어느 날

지나가던 길손이

경봉(鏡峰)선사에게 묻되

불법(佛法)의 큰 뜻은 무엇입니까

선사 답하기를

없는 것이니라.
없는 것은 또 무엇입니까
재차 물으니
허공에 점 하나 찍는 것이니라.
……?

6.
내가 이 세상에 왔다가
장차 저 세상으로 돌아갈 때
남긴 것이 무어냐고 묻는다면
어찌할거나
어찌할거나
달을 쳐다보고 헛손가락질하다가
손 내린 것 그것밖에
그것밖에 아니라고 말하리라.

내가 한 세상 살다가
언젠가 저 세상으로 발걸음 옮길 때
무얼 했느냐고 묻는다면
애닯고 애닯다.

배 고프면 먹고
졸리면 잠 잔 그것 외에
한 일이 없다고 말하리라.

내가 어지러운 세상에
잠시 머물다
때되어 적멸(寂滅)에 들 때
어떻게 살았나 묻는다면
눈이 있어 보지 못하고
귀가 있어 듣지 못하고
입이 있어 말하지 못했다 하리라.

다음 세상 태어난다면
차라리 앞 못 보는 장님
오히려 못 듣는 귀머거리
다행히 벙어리로
한 세월 보낼까

이러다가 멍텅구리 부처되고
나무판자 털 나겠다.

동산(東山)선사

손이 조그맣고
얼굴이 해밝아 아기보살
어디에서 힘이 솟는지
벽력 같은 고함소리 내지른다.
노기를 띠고 꾸짖는

저, 저, 저놈이……
한 번 하면
백명대중(百名大衆)이 숨을 못 쉰다.
두 번째는
온 산중이 침묵

두 끼 공양
세 차례 예불(禮佛)을
칠십 노구에도 빠지지 않는
서릿발
빗자루로 선두에서
티끌세상 쓸어내고

조석정진으로 대중을 이끌던

말없는 깨우침
빈부를 가리지 않고
신도들을 대하던
자비평등의 어른
승속을 가리지 않고
언제나 사진찍기를 마다 않던
선근인록(善根因緣)의 소중함이여
가끔
닭이 백 마리면 봉 한 마리
봉이 나면
대중들 밥값 갚는다고 말씀한
뿌리 깊은 한 그루 나무여
초록빛 무성한 자비여.

한궤산방(閑几山房)

한가한 가운데
오똑하게 앉았으니
품은 새벽 햇살에
나부끼는 안개구름
둥근 달은 청천(靑天)에
떠 있는 내 마음
본래
한 가지 일도 없건만
사람이 스스로 번뇌를 짓는다.
대장부 한평생 할 일이
무엇인가
가을호수에 비친
제 그림자더러
물어보면 알리라.

여름 산중에서

비 개인 날 오후
안개 걷히고 나니
초목은 푸르고
계곡 물소리 우렁차구나.
새들은 무생가(無生歌)를 부르는데
토굴에 공부하는 스님 홀로 앉아있다.
반 살림 지난 지 오래 되었어도
그의 마음 흔들지 못한다.
산중에 달력이 있는가.
주리면 먹고
졸리면 졸 뿐
세상번뇌 벗하지 않으니
가고 옴에 걸림이 있으랴.

오륜대

오륜대에 비 내린다.
오백년 동안 만나지 못한
눈물 같은 연인(戀人)의 비
섬이 잠겨든다
섬이 가라앉는다.

오륜대에 떠오르는 달은
한 줄기 섬광처럼
내 마음을 비추인다.
섬이 일어선다.
섬이 춤춘다.
범진스님의 범패(梵唄)* 소리에
가을호수가 화답한다.

섬이 달아난다.
달빛을 받아
섬이 우뚝 서 있다
그냥 우뚝 서 있다.

---

* 범패(梵唄) : 불교의 전통 성악곡, 하늘의 음악이란 뜻

수도암(修道庵)

가야산 상봉(上峰)이
붉은 연꽃으로 피어오른다.
저기 신선이 머물다 간 곳
옥황상제에게 벌 받은 옥녀(玉女)는
아직도 베를 짜고
밤의 돌부처는 입을 열어 이야기한다.
목신(木神)이 울고, 죽은 호랑이 다시 살아나면
동짓달 비수 같은 초승달이
잣나무에 걸려 오도가도 못한다.
경허, 한암선사는 어디 계시는가.
찬 서리만 고요해.

친구

옛날 경허(鏡虛)스님이 말씀하셨지
사람이 일평생 살아가는데
친구는 많아도 마음에 맞는
참벗은 드물다고 하셨지

참다운 친구란
이심전심(以心傳心)으로
말하기 전에 통하고
말하고 나서 그르치지 않네.

누가 말했었지
참된 친구란
천하를 얻기보다 어렵다고
요즘 세상같이 어지러운 때는
친구를 찾아 나서기보다
친구가 되어주는 편이 나을 걸세
참다운 친구는
보지 않아도 눈에 선하고
듣지 않아도 깨달음이 있네
허 허, 그렇던가.

운수납자(雲水衲子)*

구름처럼 물처럼 떠돌다
솔바람 소리를 벗 삼아
가을 달빛을 지붕 삼아
풀뿌리 위에 몸을 누이나니

대장부로 태어나
할 일이 무엇인가
이 뭣고 이 뭣고 이 뭣고
자나깨나 화두(話頭)*를 틀어쥐지만
구름은 동으로
달은 서로.

---

* 운수납자(雲水衲子) : 구름과 물처럼 떠돌아다니는 수도승
* 화두(話頭) : 삶의 본질을 캐기 위한 수도승의 문제의식

어느 봄날

봄을 찾으러
길을 나섰다.

산 넘고
물을 가로질러
온종일
고무신이 닳도록
헤매이었다.

때는 봄날
양광(陽光)이
새 힘을 얻기 시작한
3월
밭 가는 농부에게 물었다.
어디에 가면 봄을 만날 수 있을까요?
길 가는 흰 옷 입은 처녀에게 물었다.
봄은 어디에 있지요?
아무도
가르쳐 주지 않았다.
아무도

입을 열지 않았다.
그저 고개만 끄덕일 뿐

파랑새가 날아간다.
눈을 들어 쳐다보니
산등성이에
노루 한 마리 달아나고 있다.
무엇에 놀랐는지
무엇이 급한지……
길가 돌장승한테 물어보자.
봄이 어디 있느냐?
대답은 않고
허연 이빨만 내보이고 있다.

지친 몸을 이끌고
집에 돌아왔다.

담장 옆 매화꽃이
소리없이 웃고 있다.
아! 참 저것이로구나……

광명의 날에
- 부처님 오신 날에 부처

하늘에서 꽃비 내리고
땅에는 미묘한 음악 울리니
하늘 위나
하늘 아래
오직 홀로 내가 높도다.
오늘은 도솔천 호명보살이
아기부처 되신 날
마야부인 꿈 속에
흰 코끼리 태에 들더니
그로부터 산기가 있었다.
열 달 후 친정으로 가다가
룸비니 꽃동산에서
무우수(無憂樹)가지를 부여잡고
옆구리로 태자를 낳으니
이가 곧 석가모니이시라.

자국자국 아기부처
일곱 걸음 옮길 때마다
연꽃송이 피어나고
그윽한 향기

사람들을 취하게 만들고
오늘은 꿈결처럼
세레나데가 울려 퍼지고
이천오백삼십삼년 전
자비의 빛으로
지혜의 빛으로
아기부처님 오신 날

손에 손에 등불 쥐고
어두운 곳 밝혀라
마음에서 마음으로
무명(無明)번뇌 밝히나니
잘난 사람 못난 사람
부자 가난뱅이
착한 이 악한 이
모두 하나 되리.

법당 앞의 자비등은
중생 사랑하는 부처님 마음
탑전의 지혜등은

우주 법계 비추이는 만다라(曼陀羅)*일지니

어서 가세 어서 가
부처님 계신 곳 열반의 나라로
어서 가세 어서 가
연꽃 피는 마을로.

천년 꿈 깨어 내 혼에 불 밝히리
육신업장 소멸하여 육도윤회(六道輪回)* 벗어나리
사바세계 불바다가
불국정토로 화하고
고통받는 중생들이
남김없이 성불(成佛)하리

부처님은 늘 함께 계시나니
어찌 오늘 하루만 오셨으랴
삼백육십오일
하루도 오시지 않는 날 없거니.

생명이 기운을 얻고
천지가 광명을 발하고
중생이 태평하고 안락한
눈부시게 푸르른 이 좋은 날
아기부처님 오신 날에.

마음이 부처

마음이 부처라
마음 밖의 부처를 찾지 말라.
운문(雲門)선사가 말했다.

마음은 어디 있느냐
눈으로 보면
붉은 것은 꽃이요
푸른 것은 버들
누른 것은 개나리
귀로 들으니
종달이가 하늘에서 울고
매미는 나무에 붙어 맴-맴
생각으로 마음을 찾으니
행방이 묘연하다.
눈을 감으면
온통 세상이 캄캄하고
눈을 뜨면
보이는 게 무지개빛 환상

마음은 그림 그리는 화가

마음대로 줄이고 늘이고
지우고 그리고 칠하고 덧칠한다.
하룻밤 사이
집을 짓기도 부수기도 한다.
세상을 거머쥐었다 놓았다 하고
순식간에 별나라 여행도 한다.

마음은 신통한 요술쟁이
전지전능한 조물주
신비한 알라딘의 램프
마음을 찾을 수 없다.
마음은 어디 있느냐
마음이 어떻게 생겼을까
마음이 부처라고 한다.
마음 안도 모르는데
마음 밖인들 어찌 알랴.

영축산 소나무

영축산 가는 길에
늙은 소나무 이리 비틀 저리 비틀
춤추고 있다.
허리 굽은 노인네처럼
바로 서 있지 못하고

영축산 소나무는
시퍼렇게 젊다.
북 치고 장구 치고
냇가의 물소리 화답(和答)한다.
산은 산 물은 물이라고.

영축산에
노승들이 왜 많은가
노송(老松)이 빽빽이 우거져 있음이라
이 산중에 들어서면
속진번뇌 다 떨구고
적정열반(寂靜涅槃)＊ 얻으리라.

영축산에서

사자후 하던 경봉선사는
지금 어디 계시는가
신령스런 독수리
한 번 큰 깃을 치매
백운(白雲)이 가는 길 멈춘다.
영축산이여
어머니의 품속이여
자장율사의 금란가사여
부처님 진신사리(眞身舍利) 모셔진
거룩하고 영험한 도량이며
자장암 금개구리여.

---

* 적정열반(寂靜涅槃) : 몸의 괴로움과 마음의 번뇌가 없는 경지

겨울나무

까치 한 마리
겨울나무 가지에 앉아있다.
옷을 벗은 빈자리에
하늘이 다가온다.
바람 부는 저자거리에서
온몸으로 풍우(風雨)를 맞은
사내 하나가
이제 더 이상
바람 맞을 일도
안으로 안으로
한을 삭힐 것 없이
그대로 우뚝
서 있기만 한다.
빨가벗은 몸뚱이 겨울나무여.

제 3 부

청산이여 말하라

달은 천강(千江)을 비추고

천 개의 강이
천 개의 달을 비추고
만리 흐르는 구름은
만리하늘에 뻗쳤네.

본래 달은 하나
구름은 형체가 없는데
골골마다 달이요
하늘마다 구름
마음달이 빛나니
만상(萬象)이 고요해.

가을 산사(山寺)

산그늘이 빠르게 지고
멍석의 빨간 고추 쓸쓸해질 때
익은 가을빛에 돌샘물 차갑다.
돌계단 오동잎 떨어지는 소리
싸그랑 싸그랑대고
뒷뜰의 홍시(紅柿) 붉게 타오르는데
어디서 산꿩이 놀라 달아난다.
찬바람 불고 서리 오기 전에
운수(雲水)*들 걸망 어디 내려놓을까
처량한 마음 발걸음이 떨어지지 않아
대숲에 이는 바람
마음은 고요해

---

* 운수(雲水) : 정처 없는 수도승

옛절에 올라

묵은 이끼 깨어진 기왓장
목 없는 부처님이 숲속에 잠들고
주출돌이 한가롭게 뒹군다.
그 옛날옛적 참선하던 스님들
다 어디로 가고
잡초만 우거졌나
나그네 시름 달랠 길 없어
옹달샘을 찾으니
저녁 석양에 비친 삼층석탑
홀로 그림자를 드리운다.

돌부처의 마음

천년 이끼를 몸에 두르고
풍우한설(風雨寒雪) 이겨내어 우뚝 섰다
그윽한 눈매 넉넉한 얼굴
살포시 미소가 번진다.

목에는 염주 손에는 영락(瓔珞)*을 걸치고
한 손은 위로 한 손은 아래로 활짝
어린애 같은 맨발로
천년 동안 웃음을 잃지 않았다.
천년노송 만년백학(千年老松 萬年白鶴)이
서로 만날 때까지
굳게 입 다물고 기다린다.
다함이 없는 영겁일지라도
따뜻한 심장의 고동이
멈추지 않은 당신의 마음은.

---

* 영락(瓔珞) : 구슬을 꿰어 손이나 팔에 걸치는 장신구

척판암(擲板庵)*

신라 때 원효대사는
만리허공으로 판대기를 던졌다.
판대기는 날아 천명대중을 구하고
천명대중은 판대기를 따라
먼 중국에서 신라로 향했다.

천명대중이 수도하여 성인이 되니
이가 곧 천성산(千聖山)이라
원효는 가고 없으나
그날의 감격이 남아 있어
솔향기로 전해진다.
가을달 비치는 낙엽 위에서
가부좌를 틀고 앉으면
바람은 파도가 되어
내 마음을 적신다.

* 척판암(擲板庵) : 경남 장안사에 딸린 암자

신발 두 짝만 남기고

- 덕산(德山)스님의 천화를 기리며

신발 두 짝 남기고
홀연히 사라진
아흔두 해의 삶이여
남루의 옷 벗어버리고
승천(昇天)한 무소유
이름 남기기 좋아하는 인간들 눈에
무슨 곡절이 있어
저토록 허허(虛虛)롭게 떠나셨나
의심하나니

익은 감 떨어지고
푸른 이파리 황금빛 석양에 지듯
아아!
인생은 언젠가
본래 온 곳으로 돌아가리니
너무나 당연한 순리
우주 법칙이건만
사람들이 잊고 살 뿐

봄이 오면

가을 오듯이
태어나면 죽음이 기다리듯
부정할 수 없는 존재의 실상
운명의 여신
앉아서 당하느니
나가서 맞으리라
그리하여
이 세상에 온 자취마저
남기지 않으리라
그렇게 작정하고 나니
해탈은 본래부터 있던 것
열반마저 구유(具有)하였나니

덕산스님 천화(遷化)*하신 날
방 안에 향내 진동하고
금정산이 꽃밭으로 변하고
가릉빈가(迦陵頻伽)* 울음소리
만인의 혼곤한 잠 깨어
고통을 여의고
영원히 살지라

아정(我淨)이면 상락(常樂)이라*

무진법문 설하나니.

설봉(雪峰)선사

한 되들이 순백(純白)의 곡차
들이키고
법상(法床)에 올라
사자후를 외치던
백학도인(白鶴道人)이여
귀골로 잘 생긴 헌헌장부여
듣고 계시는가.

봄의 광주

봄의 광주는
핏빛 진달래로 타오르고
시름 달래는 차마당에
풋풋한 젊음이 가득하다.
홍안백발 홍남순 선생에게
의(義)로운 광주 지키는
큰 힘 되시라고
무병장수 기원했더니
소이부답(笑而不答)이시다.

한국제다 서 사장의
진솔한 이야기는
한동안 세월을 잊었다.
무등산을 바라보니
지선(知詵)스님이 열병을 앓고 있었다.
자유 민주 통일
불교 기독교 외세
민중 민족 광주의 한을
노래하다 지친 그

젊어서 청상이 된
이연채 할머니 눈가에
진주이슬이 맺힌다.
손수 빚은 동동주, 유과맛이
눈물을 삼키고
인정을 나누고

아흔여덟 자시는
대흥사 박응송(朴應松) 스님은
사찰분규에 밀려나
차만 마시고 계신다.
차의 정신이 무엇입니까?
청향다회(廳香茶會) 허충순(許忠順) 씨의 묻는 말
"별것이 있깐디
자기를 지키는 것이제."
그리고
세상 모르는 아이처럼
그저 웃기만 한다. 허허.

귀로에 들린

선암사(仙岩寺) 차나무는
천년향기를 내뿜고 있었다.
하늘 향해 몸을 발가벗은 채
마냥 싱그럽다.
마냥 신령스럽다.

눈부시게 푸르른 날
-어느 다인(茶人)의 결혼을 축하하며

진달래 꽃동산에서 우리는 만났다.
백년가약은 청솔가지에 걸리고
대금산조 가락으로 흐느끼듯
학(鶴)이 비상(飛翔)의 나래를 편다.
우리 님 좋을시고
우리 님 어여쁠지고
둥기 둥기 둥기야

부부는 천생연분이라는데
천만 번 태어나도
그대를 오직 사랑하리라.
하늘이 변하여 땅이 되고
뽕나무가 바다로 화할지라도
나의 사랑은
차 향기로 남으리라.
시작도 끝도 없는 생을 두고
실비단 엮어서 이루어진 인연이여
청룡(靑龍), 황룡(黃龍)으로 만난
그대와 나
오색구름 타고

꽃비 내리고
푸른 마음으로 살리라.

연탄 갈아넣고
복실한 아이 낳고
한 이불 밑에서 원앙금침 수 놓으며
차 마시듯 술 마시듯
때로는 벙긋벙긋
어떤 때는 화들짝
가끔 눈물깨나 흘리며
그렇게 살리라.

살다보면 좋은 날 있겠지
날마다 마주 보면 지겹기도 하겠지
그러다가 세월이 흐르면
문득 흰 머리 늘어나겠지
눈꼽 닦아주고
등어리 긁어줄 때 되면
정답게 아름다운 그대 사랑 알겠지
내 님 모습이 호수가에 비친

간절한 그리움으로 남겠지

이렇게 좋은 날에
이렇게 빛나는 날에

이윽고 화촉동방의 불은 밝혀지고
백년 단꿈의 인연은 무르익고
모란꽃으로 피어나리 순결로 피어나리
난향(蘭香)으로 꽃 피리 사랑으로 화하리
안개꽃으로 다가오리 믿음으로 다가오리
이렇게 푸르른 눈부신 날에.

시절 인연

사람들 기다리는
좋은 시절 인연 돌아오면
말하지 않고 통하고
듣지 않아도 알고
싸우지 않고 배불러
보지 않아도 믿고
구하지 않아도 족하고
가지 않아도 만나네
그런 세상에 무슨 재미로 사나
의심하는 사람들 많겠지만
그 마음 때문에 시절 인연이
오지 않는 것을.
그래서
결국 사람들은
거짓을 참말처럼
전쟁을 평화처럼
악의를 선의처럼
경쟁을 샘물처럼
도르래 달린 두레박으로
한도 끝도 없이 길어 올리고 있다.

미친 중 중광(重光)

한산습득*을 닮은
미친 중이라는 중광(重光)이
종이 위에 지도를 그린다.
철부지 오줌싸개
아침마다 이불 밑에
지도를 만들 듯이
그렇게 그린다.
달마가 뛰어 나오고
학이 알을 낳고
동자의 붉은 입술이
천지를 한 입에 물고
황칠하듯 미친 듯
붓 따라 춤추는 중광
어느 날 갑자기
동양의 피카소되더니
처량한 심심풀이 세상을
민머리로 깨어 부수고
무심하고 시끄러
사바세계를
일방타살(一棒打殺)*하였다.

중광은 위대한 이름이지만

키를 덮어쓰고

소금을 동냥하던

어린 날의 겸연쩍음이

얼굴에 남아있어

유치함이 물 같고

붉은 정열이 불 같아

그의 가슴은

식을 줄 모르는 용광로.

---

* 한산습득 : 중국 당나라 때 한산사의 굴 속에서 살던 기인이며 시인
* 일봉타살(一棒打殺) : 선가에서 쓰는 번뇌 망상을 한 번에 없애는 것, 방망이로 때려
  죽임.

연암(連庵) 털보

사람 내음새 진하게 배인
국제시장 뒷골목에
위구르족 닮은 사내 하나가
중국 찻집을 열고 있다.

티끌세상에 발 들여놓는 순간
싸우고 지지고 볶는 아귀 다툼
찡그리고 눈 흘기는 멱살잡이
와장창 고함소리 경쾌하여라
델보네 가게에선
아귀도 아수라도
고이 잠드나니

사람 좋은 털보
삐걱거리는 마룻장
은은하게 울려 퍼지는 실크로드에
벽라춘(碧螺春)*을 곁들이면
이내 몸은 연꽃으로 화하리라.
흙탕물 털쳐버리는 연잎으로
수줍게 웃는 연꽃송이로.

---

* 벽라춘(碧螺春) : 중국 소주(蘇州)에서 나는 차 이름

백운산 뻐꾸기

백운산 뻐꾸기 노석(奴石)은
망자(亡者)와 말을 건넨 지
십오년(十五年)
이제는 망자에게
말을 듣기만 한다.
백운산장의 연인(戀人) 노석 시인은
비오는 날 저자거리
찬란한 금빛 눈부신 까마귀
하품하는
골목 통술집 의자에 앉아
백운 신령(神靈)에게 들은 이야기를
밤새도록
토하고 있다.
백운 명부(冥府)의 노석 시인은
향파(向破) 선생이 임종시에
남긴 말 한마디
"여보게, 노석
내가 죽거든
제발 울지 말고 술 좀 마시지 말게."
당부를 하였지만

눈물이
평생 마신 술만큼 많은
그는
아직도
천도복숭아 따 먹던 시절의
천진동자.

청산이여 말하라

억겁(億劫)토록 그 자리에
꿈쩍 않는 너
청산이여 말하라
내 답답한 가슴을
너는 알고 있을지니
울고 싶어라
들어줄 귀 없는 이 세상에
울먹이며 한을 토하지만
청산은 끝내
말이 없다
야속한 청산은
내 마음 속 혹으로 자리잡는다.

남산 불적(佛蹟)

근원을 알 수 없는 그 옛날
과거 칠불(七佛)이 상주한 성지(聖地)라네
덧없는 세월 벗하고저
바위와 더불어 살아왔다.
거지옷 입은 문수보살이
청사자 타고 산을 오르고
충담(忠談)스님이 임금에게 차공양으로
안민가(安民歌)를 지어 바치고
거지왕 대안대사(大安大師)가 너구리 새끼 기르고
김시습(金時習)이 용장사에 앉아
금오신화를 짓고

신라 화랑의 얼이 춤춘다.
민중들 노랫가락이 울려 퍼진다.
부처님 목이 달아나도
석탑이 무너져 내려도
솔향기 온 산을 가득 메우리라.
바람에 실려서
안개에 묻혀서.

벽을 바라보며

벽을 마주 하고
십년 세월 보내고 나니
벽 속으로 바람이 인다.
벽 속에서 말이 있다.
면벽수도에는 말이 없느니
견성성불(見性成佛)*에는 마음이 죽어야 하나니
번뇌의 불길을 끄라.
세속인연 떨쳐 버려라.
바람도 말도 마구니이러니.

벽을 보면
벽 속에서 말이 있다.
꽃이 핀다.
바람이 분다.
무(無)라 무(無)라 무(無)라

벽을 바라보라.
마음이 보인다.

내 속에 벽이 있고

벽 속에 내가 있다.

내가 내 아니고
벽이 벽 아닌 줄 알면
내가 벽이요
벽이 내 아닌가.
그러나 그건 알음알이
본래부터 나는 나
벽은 벽일 뿐.

---

* 견성성불(見性成佛) : 성품을 깨달아 부처를 이루는 것, 불교 최고의 목적

목신(木神)의 울음

삼라만상(森羅萬象)이 잠든 한밤중에
홀로 깨어나 울고 있다.
엉 엉 엉 엉 —
웅 웅 웅 웅 —
목신(木神)은 잠들지 않는다.
칠흑 같은 어둠을 응시한다.
무슨 사연이 있어 저토록 흐느낄까
무슨 영문으로 홀로 깨어 있을까
목신(木神)이여
혹시 그대는
울지 못하는 사람들을 대신해
우는가
그대는 날개 없는 새들을 위해
보금자리를 마련하는가
그대는
듣지 못하는 사람들 때문에
지축이 흔들리는 소리로
들려주고
영원히 눈 못 뜨는 사람들로 하여
잠 못 이루는가

목신(木神)이 울 때
세상은 그믐날 밤중이었다.
날이 밝고 사람들이 몰려와
목신(木神)을 베어버렸다.
다음 날부터
목신(木神)이 울지 않았다.
사람들은 깊은 잠에 빠졌다.
다시는 깨어나지 못하는
칠흑의 바다로

목신(木神)이 떠난 자리에
부엉이 앉아있다.
언젠가 돌아올 그 날을 위해
자리를 지키고 있다.

입춘(立春)

입춘이 지나고
봄비가 듬뿍 뿌리더니
금정산 웅덩이에서
드디어
엉머구리 우는 소리 우렁차다.
봄이 오매
크게 길하고
양기가 가득하니 좋은 일 많으라고

우수(雨水)가 지나면
대동강 물이 풀린다고
누가 말했었지
풀린 강물 사이로
고기 떼 내려오고
저 철새 떼는 북쪽으로
날아가는데
남북으로 갈라진
우리 형제
언제 만날 기약 있을까

해마다 봄이 오지만
봄이 아니 오고
해마다 꽃 피지만
꽃이 아니 핀다면
봄은 아직 멀었다.
겨울옷을 벗지 말아야 한다.
때는 아직 이르다.

제 4 부

성찰과 현실 초극(超克)의 공(空)사상
시인 정 공 채

성찰과 현실 초극(超克)의 공(空)사상
인세(人世)의 덧없음과 밝은 진리의 이상향

시인 정 공 채

불문(佛門)에 깊이 몸 담고 있으면서 폭넓은 문필작업을 빛내고 있는 윤소암 스님은 이미 선시(禪詩)의 세계에서도 어엿한 일가(一家)를 이루고 있는 중후한 시인이기도 하다.

소암 스님의 첫 시집 『허공에 점 하나 찍어놓고』의 상재(上梓)에 앞서 이 뜻 깊은 선시집(禪詩集)에 담길 일련의 작품들을 며칠째 심독(心讀)하던 중, 나는 저 아득했던 전설과 같은 신비의 한산시(寒山詩)가 허무 속의 영원한 꽃과 같이 아로새겨 놓고 간 그 시경(詩境)을 일단은 되새기지 않을 수 없게 되었다.

한산시(寒山詩) 가운데서 우선 다음과 같은 허공의 영원한 생명성을 점획(點劃)지은 세 편의 계율시(戒律詩)가 떠오른다.

〈내가 보니 전륜성왕(轉輪聖王)은 / 천 명의 아들에게 언제나 둘러싸여 있었다. / 열 가지 선(善)으로 네 천하(天下)를 교화하고 / 일곱 가지 보배는 거룩하고 장엄하였다. / 일곱 가지 이 보배는 늘 몸에 따랐고 / 삼십이상(三十二相)에 팔십종(八十種)의 표상(標相)도 아주 묘하지만 / 하루 아침에 복(福)의 갚음 다하면 / 마치 갈밭에 깃드는 새와 같으며 / 소의 옥에 붙어 있는 벌레 같아서 / 육취(六趣 : 六道)의 악한 갚음 다시 받나니 / 하물며 저 범류(凡類)에 있어서랴 / 이 어이 깊이 보전하겠는가 / 나고 죽음을 휘돌리는 횃불과도 같아 / 서로 바꿔 나는 것 / 삼과 벼와 같나니 / 하루 빨리 깨우쳐 알지 못하면 / 사람이지만 헛되이 늙으리라.〉

〈산악처럼 마음이 우쭉한 사람은 / 나를 세워 남에게 굽히지 않네 / 베다의 경전(經典)을 강의할 줄 알고 / 삼교(三敎)의 글을 두루 말하며 / 마음 속에는 부끄러움 없이 / 계(戒)를 부수고 율문(律文)을 어기면서 / 이를 상인(上人)의 법이라 스스로 자랑하고 / 으뜸가는 사람이라 일컬어 뽐내나니 / 어리석은 사람은 이에 칭찬마지 않고 / 지혜로운 사람은 손벽치며 비웃는다 / 모두가 아지랭이 허공의 꽃이어니 / 어찌 이것으로 나고 죽음을 면할텐가 / 차라리 아무것도 모르고 앉아 / 온갖 근심 걱정 끊음만 못하니라.〉

〈내가 늘 듣자하니 나라의 중신(重臣)들이 / 붉은빛 자주빛의 벼슬살이 녹을 먹고 / 천만 가지의 부귀한 일 / 영화를 탐내었다 욕을 불러들이네 / 종들과 말들이 온 집안에 가득 차고 / 금은(金銀)이 넘쳐서 온 창고에 가득 차네 / 어리석은 이따위 복(福)은 잠깐 동안의 세력 /머리를 묻는 곳 지옥 만드네 / 한 번 죽으면 만사가 그만인 것을 남녀들 모여서는 머리맡에서 통곡하네 / 이같은 재앙 있을 줄 몰랐던가 / 앞길이 어쩌면 이다지도 빨랐던고 집이란 건 부서져 찬바람이 돌고 / 곡식도 다해 좁쌀마저 없나니 / 헐벗고 굶주리는 괴로움은 어떠하냐 / 이 모두가 깨닫지 못한 까닭이니라.〉

인간 세상의 최고권위자에서부터 자만하는 지식인, 그리고 권세주의자에 이르기까지 그 삶과 종말은 단지 허공에 뜬 한낱 티끌에 지나지 못함을 밝혀주고 있는 위의 세 편의 인용시는 인간 세상의 모든 사상(事象)은 허허(虛虛)로운 허공 속에 한낱의 점을 찍다가 쓰러지고 말며, 다시 그 선악(善惡)에 따라 업보(業報)의 윤회(輪回)가 이뤄짐을 신랄하게 깨우쳐 주고 있다.

요설(饒舌) 같지만 더 부연하자면, 한산시(寒山詩)는 그저 '한산자(寒山子)' 정도로만 이름이 밝혀진 전설적인 은자시인(隱者詩人)이 천태산(天台山)의 바위와 큰 나무등걸 따위에 써 놓은 시를 국청사(國淸寺)라는 절의 스님이 옮겨 편집해 놓은 시집의 이름이다.

이 한산시에서는 자연과 함께 하는 기쁨이 주조(主調)를 이루면서, 세상에 대한 비판, 불교적인 교훈, 도교에 대한 비판, 여성의 심리에 대한 비판 등 다양한 주제를 시화(詩化)해서 허망한 삶을 깨우치고 생도(生道)를 이루라는 진리로 가득 차 있다.

윤소암 시인의 작품 전편을 통해 더 넓은 그 작품세계를 심취(心醉)해 읽어 들어갈 때, 바로 이와 같은 한산시의 고절(高節)하고도 폭 넓은 시세계가 이내 연상되어, 가히 드맑은 정심계(淨心界)에 고웁게 젖어들기만 한다.

인적 없는 차밭골에 와
산물 길어 차 한 잔 다린다.
백운노송(白雲老松)은 눈 앞에 흐르고
새소리 바람소리 귓가에 머문다.

홍진세상 피해 살던
옛 선인(仙人)이 따로 있을까
한 소식 깨우치면
이 자리가 극락인 것을
번거롭게 마음을 움직이랴.

———「차(茶)와 구름과 바람」 전문

마음이 부처라
마음 밖의 부처를 찾지 말라.
운문(雲門)선사가 말했다.

마음은 어디 있느냐
눈으로 보면
붉은 것은 꽃이요.
푸른 것은 버들
누른 것은 개나리
귀로 들으니
종달이가 하늘에서 울고
매미는 나무에 붙어 맴―맴
생각으로 마음을 찾으니
행방이 묘연하다.
눈을 감으면
온통 세상이 캄캄하고
눈을 뜨면

보이는 게 무지개빛 환상

마음은 그림 그리는 화가
마음대로 줄이고 늘이고
지우고 그리고 칠하고 덧칠한다.
하룻밤 사이
집을 짓기도 부수기도 한다.
세상을 거머쥐었다 놓았다 하고
순식간에 별나라 여행도 한다.

마음은 신통한 요술쟁이
전지전능한 조물주
신비한 알라딘의 램프
마음을 찾을 수 없다.
마음은 어디 있느냐
마음이 어떻게 생겼을까
마음이 부처라고 한다.
마음 안도 모르는데
마음 밖인들 어찌 알랴.

—— 「마음이 부처」 전문

삼천년 만에 핀다는
큰 연꽃 한 송이
몸은 비록 진흙 속에 있으나

하늘로 향한 문 열려 있어
언제나 봄을 기다린다.
수레바퀴만한 크기로
중생고뇌 헤아리고
고운 빛깔 무지개 되어
삼천대천세계(三千大千世界) 바라본다.
미묘한 향기 큰 말씀은
빛으로 사랑으로 오시나니.

———「우담바라」전문

맨 앞의 「차(茶)와 구름과 바람」에서는 인세(人世)의 욕정을
깨끗이 물리치고 자연과 더불어 밝게 숨쉬며, 기쁨으로 순연(純
然)하게 살아가는 생(生)과 자연세계가 하나로 합일된 시경(詩
境)을 만나게 된다.

신라시대 왕사(王師)도 마다하고 초연하게 다기(茶器)를 허리
에 차고선 구름인 듯 바람인 듯 홀로 떠나가는 충담사(忠談師)의
행적을 아련히 바라보는 듯도 싶다.

가운데 「마음이 부처」에서는 한산자(寒山子)가 때묻지 않은
법안(法眼)으로 세상살이 사람들에게 눈 씻고 일깨움을 얻게 하
듯이, 소암 시인은 동화와 같은 동심세계의 눈으로 마음의 청정
한 세계가 곧 부처임을 나긋이 시화(詩化)시켜 일깨워 주고 있다.

마지막 「우담바라」에서는 현실세계의 어지러움이다. 더러움
을 꾸짓거나 힐난하지 않는 대신, 허공을 넘어 삼천대천세계(三
千大千世界)의 꽃 우담바라를 그리며 그 영원한 생명의 향기와

가르침을 참 환회 속에 꽃피게 해서 우리에게 보여주고 있다.

윤소암 시인의 긍정적이며 이상적인 종교사상의 시세계는 바로 선시(禪詩)의 세계로 승화되고 있다.

청정한 마음을 하나로 통일시켜 욕된 탐욕이나 번뇌 따위를 일체 물리치고서 진리와 아름다움을 깊이 캐면서 무아정적(無我靜寂)의 경지에 들어 이를 시로 밝히는 세계—이 경지에 그는 서 있는 것이다.

　가야산 상봉(上峰)이
　붉은 연꽃으로 피어오른다.
　저기 신선이 머물다 간 곳
　옥황상제에게 벌 받은 옥녀(玉女)는
　아직도 베를 짜고
　밤의 돌부처는 입을 열어 이야기한다.
　목신(木神)이 울고, 죽은 호랑이 다시 살아나면
　동짓달 비수 같은 초승달이
　잣나무에 걸려 오도가도 못한다.
　경허, 한암선사는 어디 계시는가.
　찬 서리만 고요해.

—— 「수도암(修道庵)」 전문

이 시인의 경지는 어쩜 이와 같은 불경내(佛境內)에서 돌부처가 입을 열어 이야기하듯, 선시(禪詩)를 우리 앞에 밝히고 있다 해도 잘못 짚은 말은 아닌 줄로 믿어진다.

그는 「허공에 핀 꽃」이라고 제(題)한 시에서 탐욕이나 번
뇌를 '눈병'으로 상징시키면서 청정하고 무욕(無慾)한 불심
(佛心)을 찬미하고 있다.

눈병이 나려는가
허공에 꽃이 핀다.
붉은 꽃 파란 꽃
흰 꽃 검정 꽃
모양은 기기묘묘
잡힐 듯 하다가 잡히지 않고
그려 낼 것 같으나
그려지지 않는다.
생생한 현실의 꿈이여
꿈 속에 꿈을 꾼다.

눈병이 도지는가
허공에 꽃이 진다.
온통 붉게 타오르는 세상에서
꽃은 검은 장막 속으로
꼭꼭 숨는다.
숨바꼭질한다.

—— 「허공에 핀 꽃」 전문

「허공에 핀 꽃」에서 밝혀주듯이 선시(禪詩)의 경지에 진입(進入)해 있는 윤소암 시인은 이 시집의 표제(標題)로 내건 「허공에 점 하나 찍어 놓고」와 같은 제목의 연작시에서도 거듭 자발심(自發心)과 우주정신(宇宙精神)에의 시심(詩心)을 펼치고 있는데, 연작시 「허공에 점 하나 찍어 놓고」와 「허공에 핀 꽃」에서 우리는 낭만주의 대표 시인으로 일컬어지는 워즈워드의 독창성 내지 시관(詩觀)을 보게 된다.

워즈워드는 이렇게 말했다.

"모든 좋은 시는 강한 감정의 자연발생적 유로(流路)이다. 그러나 이것이 사실이라 할지라도 무슨 주제를 다룬 시든지 보통 이상의 유기적 감수성을 가진 사람이 깊이, 오래 생각한 끝에라야 조금이라도 가치를 부여할 수 있는 시를 창작할 수 있다."

그의 이 말은 코울리지와 함께 쓴 『서정민요집』의 서문에서 밝힌 말인데, 윤소암 시인의 경우 역시 이와 같은 결론에 도달되어 있는 것에 틀림이 없는 것이다.

시의 근원은 외부세계에 있는 것이 아니라, 시인 자신 속에 있음은 두말 할 나위가 없다. 시는 감정을 표현하는 것이며, 그것은 자발적으로 유로(流路)되는 것이어야 한다는 것은 부정하지 못한다.

여기서 자발성이란 모방이나 의도적인 형용가치를 의미하는 것이 아니라, 시인 자신의 주체적이고 자주적인 것임을 뜻한다.

시적 진리는 외부적인 사실에서가 아니라 정서에 의해서 운반되는 심적 현상(心的現象)이다. 아울러 이러한 인간의 심적 구조는 바로 우주적 활동과 조화를 이루는 것이다. 따라서 정신의 세계에서는 나와 세계가 공감대를 형성하고 감정의 교류를 이룩하게 하는 것이다.

우주의 의지와 시인의 의지가 동일성(同一性)을 획득할 때 시인의 감정은 바로 보편성을 얻게 되며, 여기서 무한한 자유의 기본을 누리게 되는 것이다. 때문에 이러한 감정은 고요한 관조(觀照)와 격정의 과정이 필요한 것이다. 고요한 회상을 통하여 우주의 의리를 포착하고 세계 속에 뜨거운 사람을 실현하여 시적인 구원을 성취시키게 되는 것이다.

다섯 자 세 치도 안 되는 인간이
두 발로 휘적휘적 걸어간다.
하늘 한 번 보고
땅 두 번 보고
무엇이 바쁜지
무엇이 필요한지
생각할수록 재미있는 인간세상
잘 생기고 못 생긴 사람
여자는 꽃무늬 수놓고
귀에 동글고 모난 귀걸이
붉은 입술에 하얀 석류알 열리고
남자는 청바지 입고 풀무질

무쇠 팔뚝에 돋아난 힘줄이
매력을 발산하면서

하루 세 끼 밥먹고
여덟 시간 잠자고
사랑하기 위하여
부모님을 모시고

땀 흘려 일하고
친구들과 해질녘이면
술 한 잔의 정을 나누기 위하여
밤하늘에 반짝이는 별이
새벽까지 건재하기 위하여
우리는 살아야 한다.
살아 몸부림 쳐야 한다.
두 눈을 부릅뜨고
두 주먹을 불끈 쥐고
단정한 옷차림으로
입술로 미소를 열고
앞으로 나아가야 하리
일보후퇴 이보전진의
묘(妙)를 살리면서

　　　　　　　—「허공에 점 하나 찍어놓고」 전문

윤소암 시인의 선시(禪詩)세계의 독창적인 자유성은 이렇듯이 무변대(無邊大)한 우주성과 상응(相應)되어 있다. 허공에 한 점 떠돌다 마는 인간의 헛된 욕망이나 사악한 사상 따위를 초극(超克)하여, 참 생(生)에의 무한대(無限大)한 이상향의 영원한 생명가치(生命價值)를 시작(詩作)으로 현현(顯現)시키고 있는 것이다.

때 늦은 국화 향기 피워 낼 수 있다면

아직 시가 무엇인지 모른다. 인생이 무엇인가를 모르는 것처럼.

다만 쓸 뿐이다. 시에 대한 동경은 10대부터였으니 병치고는 오래된 병이다.

이제 40대를 여러 해 넘고서 시는 나에게 있어 풀빛이 아니라 현실의 인간 그 자체임을 깨닫는다. 더 이상 미루거나 회피하기 어려워 구체적인 삶의 형상화에 용기를 내본 것이 이번의 첫 시집이다.

그러므로 시는 나의 절실한 삶을 담아 내는 그릇이요, 마지막 귀의처이다.

'시가 인간을 구원하는가?'

긍정도 부정도 하기 싫다. 시에 대한 변명도 불필요하지만 인간을 위한 옹호도 더욱 불필요한 것이다.

시는 인간과 함께 존재해 왔다고 믿고 싶다.

시와 인간이 동일하여야 함에도 현실은 그렇지 않다. 그것이 나로 하여금 시를 쓰지 못한, 시작(詩作)을 망설이게 한 이유의 한 가지다. 변명 같지만.

그러나 시에 대한 짝사랑이나 거부감 모두가 어느 정도 해

소되었으므로 시를 쓸 수 있게 되었다. 마치 사랑하는 연인을 가진 사람이 어느 시기에 가서는 거리를 두고 그냥 바라보아도 좋을 것 같은 그런 느낌이다.

한 가지 아쉬운 점이 있다면 연인을 대하듯 열정적인 시간을 갖지 못하고 풍요한 시의 결실을 맺을 수 있을까 하는 내 나름대로의 걱정이 앞선다.

그렇지만 화려한 봄날의 꽃보다 쓸쓸한 가을 하늘의 이슬이나 때 늦은 국화 향기를 피워 낼 수 있다면, 그것으로 족하다. 활활 금방 타는 겉불보다 은근히 오래 타는 속불처럼 그런 마음으로 인간을 사랑하고 시를 쓸 것이다.

때로는 인간에 대한 회의와 시를 쓰지 못하는 자책감과 두려움 때문에 괴로웠다.

인간과 마찬가지로 시는 시 이상도 시 이하도 아니다. 시인이라는 오만, 시인이 아니라는 열등감을 모두 떨쳐버리리라. 그리고 나서 또한 그것들을 보듬으리라.

1부가 주로 자연에서 느낀 감상을, 2부는 수도생활의 심경을 읊은 것이라면 3부는 인간세상의 교류에 의한 정이랄까 인연 같은 것을 시로 옮겨 보았다.

이 첫 시집이 나오기까지 여러 인생의 스승과 벗이 되어준 중진 원로문인들과의 우애와 보살핌에 대하여 감사를 드린다.

1989년 11월
부산에서 소암 합장

이 시집의 절판으로 시인들과 독자들의 요청이 있어 25년만에 재출간하게 되었다. 특히 언젠부터인가 시집을 읽지 않는 풍조도 있고 해서 고려했다.

　늘 만민동락(萬民同樂)의 자비와 서릿발 같은 통찰로 우리 사회를 지켜봐 주시는 설악산 무산 오현대종사의 후원이 컸다. 그리고 귀한 서문과 해설을 써 주신 고 이원섭, 정공채 원로 시인과 생전에 용기와 격려를 아끼지 않으신 문학,인생의 스승 구상 시인을 추억하며 사모의 정에 값한다.

2015. 을미년 늦가을
소암 합장

소암 시집

허공에 점 하나 찍어놓고

개정판   2015년 11월 10일 **발행**

지은이   윤 소 암
발행처   문 지 사
발행인   홍 철 부

등록일자 1978년 8월 11일
출판등록 제3-50호

주소 서울특별시 은평구 갈현로 312
전화 | 영업부 02)386-8451(代)
          편집부 02)386-8452
          팩 스 02)386-8453

정가 **10,000원**